DANTE

SA VIE, SON ŒUVRE

SES IDÉES ARTISTIQUES ET POLITIQUES

A propos d'un livre récent

PAR

ERNEST HAUVILLER

DOCTEUR EN PHILOSOPHIE

MEMBRE DE L'INSTITUT ARCHÉOLOGIQUE ALLEMAND A ROME

GAND

IMPRIMERIE A. SIFFER

1899

DANTE

DANTE

SA VIE, SON ŒUVRE

SES IDÉES ARTISTIQUES ET POLITIQUES

A propos d'un livre récent

PAR

ERNEST HAUVILLER

DOCTEUR EN PHILOSOPHIE

MEMBRE DE L'INSTITUT ARCHÉOLOGIQUE ALLEMAND A ROME

GAND

IMPRIMERIE A. SIFFER

1899

DANTE, SA VIE, SON ŒUVRE, SES IDÉES ARTISTIQUES ET POLITIQUES

A propos d'un livre récent (1).

J'HÉSITE à dire ce qu'il faut apprécier davantage dans l'ouvrage dorénavant classique du professeur Kraus : la documentation solide et approfondie ou l'art fin et charmant avec lequel elle est mise en œuvre, et fait revivre d'une manière magistrale une des figures les plus intéressantes de l'histoire de la civilisation en général et certes la figure la plus curieuse, la plus importante de la Renaissance italienne. Ceux qui voudront étudier Dante, saisir et comprendre cette personnalité universelle que Ruskin appelle « l'homme le plus central du monde » reviendront toujours à l'œuvre du grand archéologue et historien allemand : DANTE, *sa vie, son œuvre, ses idées artistiques et politiques.*

Certes, après l'avoir lue, chacun dira que le savant professeur de Fribourg aura contribué puissamment à propager et à imposer la vérité formulée par Niccolo Tommaséo en sa célèbre phrase : « Legger Dante è un

---

(1) DANTE. *Sein Leben und sein Werk, sein Verhältnis zur Kunst und zur politik von* FRANZ XAVER KRAUS, mit zahlreichen Illustrationen. Berlin, G. Grote'sche Verlagsbuchhandlung, 1897, pp. 792.

dovere, rileggerlo è bisogno, sentirlo è presagio di gran-
dezza. »

Les beaux esprits et les littérateurs de tous les
siècles se sont occupés de Dante. Ils nous l'ont fait voir
à leur manière. Tantôt c'était le rêveur mystique qu'ils
nous peignaient, tantôt ils nous montraient la silhouette
bien connue du poète de Florence, d'autres encore nous
dessinaient la sévère figure au regard pénétrant de l'exilé
de Ravenne. La toute-puissance de son génie qui le classe
parmi les anciens, ressuscités grâce à lui au Moyen
Age, et qui le place également dans le Panthéon moderne
lorsqu'il dévoile les turpitudes et les injustices du
Quattrocento, causes du grand schisme de l'Eglise d'Occi-
dent, cette toute-puissance, dis-je, est dans l'œuvre de
M. Kraus mise en relief d'une manière frappante. C'est
ce qui rend son livre bien supérieur à toutes les autres
biographies de Dante. Il nous y fait apprécier l'indivi-
dualité du poète par la conception que le poète en avait
lui-même. Il nous fait connaître le but que son héros
s'était proposé, et établit que sa mission ne fut en réalité
qu'un commentaire de ses propres paroles : « Quemad-
modum de labore antiquorum ditati sunt, ita et ipsi pro
posteris laborent. »

L'ouvrage de M. Kraus est clairement et logique-
ment divisé. Le premier livre nous raconte la vie du
grand patriote italien. Une étude approfondie des sources
et une chronologie des plus judicieuses lui servent de
base. Le nom, les origines, la famille de Dante y sont
traités avec autant de critique que de clarté et dégagés
des traditions légendaires dont les avait entourés le
dilettantisme du passé. Et nous pouvons suivre la carrière mouvementée de notre poète, son enfance, ses
études, sa participation à la vie politique qui l'amène
à se jeter noblement dans la mêlée et à endurer enfin

6

les douleurs et les privations de l'exil. Nous le voyons ensuite errer de ville en ville, privé de « ogni cosa diletta più caramente », toujours tourmenté du désir de retourner à Florence et dans la dure nécessité de demander presque chaque jour l'hospitalité des étrangers « peregrino, quasi mendicando ». Ses voyages et ses longues pérégrinations lui firent visiter l'Italie entière et une grande partie de la France. C'est à Paris, nous dit M. Kraus, que l'exilé s'initia à la scolastique, et il admet de même la *possibilité* d'un voyage de Dante en *Flandre* et de là en Angleterre.

Dès l'avènement de l'empereur Henri VII, il semble que l'auteur de la « Monarchie » prenne une part plus active encore à la politique de l'Italie et du Saint Empire. C'est dans les années 1317 à 1318 qu'il émit ses théories sur les rapports de la papauté avec l'empire, et c'est dans l'empire que devait, selon Dante, se réaliser la monarchie universelle.

Nous sommes très mal renseignés sur l'époque la plus intéressante de la vie du poète, nous voulons dire la période pendant laquelle il écrivit le poème qui l'a rendu immortel. Nos sources sont presque muettes sur son second séjour à Ravenne, une ville qu'il ne devait plus quitter jusqu'à sa mort (1321).

Certes, chacun aimera à connaître l'avis d'un maître sur l'existence d'un portrait authentique de Dante. M. Kraus écrit sur cette question un de ses chapitres les plus attrayants. Après nous avoir démontré que l'histoire du portrait ne commence qu'au treizième siècle, il examine de près si, à l'époque du grand florentin, il se trouvait un peintre capable de rendre les traits de l'auteur de la *Divine Comédie*; et la conclusion de ses recherches est que la peinture murale au Bargello, à Florence, représente Dante en sa jeunesse et doit être attribuée à Giotto (vers 1334-1337). Toutefois ce portrait n'a pu être exécuté que de mémoire. Mais ce n'est

7

heureusement pas la seule reproduction de la physio-
nomie de Dante que nous ayons. Un dessin à la plume
du Codex Palatinus 320 nous en donne une autre, non
moins curieuse, et qui a le mérite d'être faite d'après
nature. Les cinquante pages de ce chapitre renferment
encore bien des détails curieux sur l'histoire de l'art et
sont illustrées de phototypies aussi belles que précieu-
ses pour le lecteur.

En parcourant les pages sur la « Vita nuova » qui
ouvrent le second livre, nous avons souligné l'heureuse
interprétation que M. Kraus donne de cet écrit. Il traduit
« Vita nuova » par « Liebesfrühling ». Ce n'est donc
pas un récit autobiographique destiné à nous renseigner
fidèlement sur les amours et la jeunesse de Dante;
mais bien un chant à l'idéal entrevu et senti, fuyant
et s'éloignant toujours sans se réaliser jamais. Béatrice
n'est qu'un type idéalisé par le poète, comme tel autre
de la « Donna angelicata » qui inspira si heureusement durant le Trecento les écoles de Florence, de
Sienne et d'Ombrie, et dont nous reconnaissons le type
dans les madones de leurs peintres.

Une analyse critique des écrits secondaires de Dante
fait le sujet de la seconde partie. Il s'y trouve des chapitres sur le *Canzoniere*, le traité *De vulgari Eloquentia*,
le *Convivio*. Nous ne parlerons pas ici de la *Monarchia*
nous réservant de mentionner ce traité lorsqu'il sera question des idées politiques du poète. Les Eclogues, les
Lettres et les Apocryphes remplissent les trois derniers
chapitres. On sait combien est grand le nombre des apocryphes. On a systématiquement jusqu'au quinzième siècle
abusé de l'autorité et du renom du plus glorieux fils
de Florence, pour propager des ouvrages qui ne sont en
aucune communauté d'idées avec son héritage littéraire.

'M. Kraus consacre tout un livre à la *Divina Come-dia*. Ici surtout son érudition, qui est vaste, se donne libre carrière. Elle nous vaut des informations exactes et précises sur le fond, le but, l'origine, les commen-taires de l'immortel poème. Ce sont autant de belles et savantes recherches, à l'aide desquelles l'auteur retrace les évolutions du génie de son héros. Chez Dante, le progrès est continuel. Il s'émancipe de bonne heure et s'élève rapidement au-dessus des inclinations mondaines qui le fascinèrent quelque temps.

Dorénavant et pour longtemps les études philoso-phiques le retiendront et lui feront cet idéal politique pour lequel il donnera le meilleur de sa vie. De là aux aspirations sublimes et généreuses qui forment la base de ce monument de noble style qui a nom la Divine Comédie, il n'y avait qu'un pas. Après toutes les angoisses de la vie il ne respire plus que la paix. Et cette paix, il la veut pour le monde entier comme pour lui. C'est le retour vers la « Scienza divina », vers l'éter-nelle sagesse, car il a constaté que la philosophie elle-même n'est qu'une « Donna in cui errò. »

Tel était l'état d'âme de Dante vers 1313, lorsqu'il entreprit de chanter mieux que tout autre poète les grandeurs sublimes du Christianisme. C'est alors qu'il désira voir entrer tout le genre humain dans des disposi-tions qui le rendraient « puro et disposito a salire alle stelle ». Nous insistons sur l'importance de ce résultat chronologique (1313) tiré du développement *psycholo-gique* du poète. Les interprétations philologiques n'abou-tissent pas, lorsqu'il s'agit de tracer toutes les évolu-tions parcourues par le grand Florentin. Bien au con-traire, elles mènent en un vrai dédale de contradictions, car elles placent à la même époque des œuvres se ressem-blant quant à la forme, mais différant complètement pour le fond et la valeur des idées philosophiques et politiques. Et c'est inadmissible de la part d'un génie comme Dante.

9.

Signalons le beau chapitre sur la manière d'inter-
préter les allégories, en trouvant leur vraie signification
dans leurs fonctions et leurs attributs (cfr. Beatrice
pp. 457-468), et terminons ce résumé du troisième livre
par l'appréciation si juste que M. Kraus nous donne
sur la Divine Comédie. « Elle est, dit-il, le journal du
XIVᵉ siècle et principalement celui du peuple italien
de l'époque (1). On a dit que la cathédrale gothique
représente un type de l'idée chrétienne ; il en est de
même du poème de Dante. Ce n'est pas un temple
payen renfermant l'idole d'une beauté divinisée, ni une
chapelle dédiée à un saint de prédilection, mais bien
une vraie cathédrale avec son maître-autel entouré de
l'auréole de la passion du Fils de Dieu, vrai symbole
de l'esprit qui régit et conserve notre monde si maté-
riel. Cette cathédrale a aussi ses chapelles latérales,
ses nefs, son chœur, son parvis et son cloître silencieux
Sa flèche nous montre le chemin du ciel et ses fonde-
ments reposent sur la terre. Sa croix domine le tout, mais
elle a son origine dans le cœur de l'humanité, sembla-
ble à l'arbre généalogique du Seigneur qui couronne
les tympans de nos portails du moyen âge et dont Jessé
forme la racine. — Ainsi Dante est le représentant du
catholicisme idéal vis-à-vis des anciens et du Faust
moderne et semble en même temps former un trait
d'union entre les deux. Après des siècles d'une longue
barbarie, il personnifie la voix de douze siècles de chré-
tienté, de toute la race latine et trouve, pour la première
fois, des accords aussi harmonieux qu'artistiques. »

L'étude de l'histoire de la civilisation au Moyen-Age
nous démontre d'une manière frappante qu'un lien tout

---

(1) Il continue en citant le beau passage de Carducci.

10

intime rattache les arts aux lettres, qu'ils ont une origine, commune. Ainsi l'histoire de l'art chrétien n'est autre chose que l'histoire de l'imagination humaine en tant qu'elle est guidée et inspirée par le Christianisme. Il va donc de soi que le plus grand poète chrétien du Moyen-Age dut avoir une influence puissante sur le mouvement artistique de son temps. En effet, jusqu'au treizième siècle, l'art et le métier sont identiques. On se bornait alors à reproduire les mêmes types qu'un usage traditionnel avait légués, pour rendre certaines idées didactiques et préconçues. L'apparition de Dante et de Giotto change les choses. C'est à eux qu'on doit, en poésie comme en peinture, la *découverte* de la nature de l'âme (1). A partir de ce temps nous admirerons des chefs-d'œuvre créés par l'inspiration individuelle. Le sentiment et la vie de l'âme en feront l'objet. Les types allégoriques disparaîtront peu à peu, et l'art selon l'expression du poète *a Dio quasi nepote* sera à tout jamais consacré à la reproduction de l'harmonie qui existe entre l'action du corps et de l'âme (... che la nostra anima conviene gran parte delle sue operazioni operare con organo corporale). Giotto comme Nicolo Pisano subirent sinon directement, à coup sûr indirectement l'influence, la manière de voir de Dante. Et c'est ainsi que la grande révolution dans l'art italien à la Renaissance remonte à lui.

Indépendamment de ces vues sur l'art régénéré par Dante, le quatrième livre de l'ouvrage de M. Kraus renferme encore de beaux chapitres sur la *Divine Comédie* illustrée dans les manuscrits et les livres. Parmi les belles gravures qui enrichissent le texte, il s'en trouve de très curieuses, comme celles de Botticelli, etc. L'auteur

---

(1) F. X. KRAUS. *Geschichte der christlichen Kunst.* Freiburg i/B. 1896. Bd, 1. S. 5.

passe ensuite aux grands peintres qui se sont inspirés
à la lecture de la *Divine Comédie*. Il nous est impos-
sible de les mentionner tous, nous nous contenterons
de citer les noms d'Orcagna, Luca Signorelli, Raphaël,
Cornelius, Koch, Ary Scheffer, Bizioli, Feuerbach,
Rossetti, Delacroix, Doré, Böcklin. La belle parole de
Tommaséo résume très nettement les qualités remar-
quables des œuvres d'Alighieri qui feront de lui le poète
préféré des peintres : « In Dante non meno che in
Virgilio la parola dipinge e offre al guardo del pittore
belli e pronti e armonicamente temperati i colori. »

Nous arrivons au livre cinquième. L'historien et
le critique le trouveront également intéressant. L'un y
constatera la reproduction fidèle et adroitement raison-
née de la vie politique du treizième et du quatorzième
siècles, et l'autre admirera ici encore la précision chronologique avec laquelle l'auteur sait marquer les étapes
décisives de la carrière politique du grand exilé de
Ravenne.

La *Divine Comédie*, mais plus encore la *Monarchie*,
forment le grand dépôt des doctrines politiques du
poète. Nous y remarquons une grandeur d'âme, une
justesse de jugements qui, à coup sûr, ne peut être que
le résultat d'une réflexion calme et reposée, rendue possible
seulement par le paisible séjour de Ravenne.

Quelle différence avec les opinions énoncées dans
le *Convivio*, où tout est jeune, bouillant et très souvent
en contradiction directe avec les données de la *Monarchie*
et de la *Divine Comédie !* Celui qui a su établir une
distinction si formelle entre *lumen rationale* et *divinum*,
comme nous pouvons le constater dans le traité sur la
Monarchie, ne se trouvait plus, comme l'auteur du
Convivio « nel mezzo del camin ». Le temps avait

marché et c'est sans doute *après* 1317 que Dante a
pu trouver le loisir de résumer ses vues et expériences
politiques.

Quelle haute conception de l'Etat dans ce traité!
La nécessité de l'Etat ayant sa raison d'être en lui-même,
non pas dans le contrat social, voilà, avec le but de
la civilisation « finis ultimus civilitatis humani generis »,
la belle définition de l'Etat que Dante nous donne.

La forme monarchique est la seule qui soit à la
hauteur d'une pareille mission. Mais le poète la veut
libre et gouvernée par un monarque désintéressé (rex
propter gentem........ monarcha qui minister omnium
procul dubio habendus est.). Ce régime est encore
synonyme de l'Empire, ajoutons de suite de l'empire
universel, qui admet des princes ou des républiques
dans sa sphère.

L'Italie forme le centre de la monarchie universelle (il giardin dell' imperio). C'est le génie de Dante
qui, à cette époque-là déjà, la voit unie, comme il en
avait unifié la langue en lui léguant le traité de *Vulgari
Eloquentia*. De là à l'unité, il n'y a pas loin, comme le
remarque si bien M. Carducci : « da cio all' unita d'Italia ci
corre. » Voilà comment le plus grand poète de la pénin-
sule ouvre la glorieuse phalange des patriotes italiens,
des Machiavel, des Rosmini, des Balbi, des Gioberti, des
Cavour. Remarquons que tout en admettant la souverai-
neté du Pape dans son Etat, il voulut exclure toute ingé-
rence politique des papes dans les affaires de la monarchie
universelle, selon les traditions anciennes du Moyen-Age.
Celui-ci avait en effet commencé par considérer le sou-
verain pontife non pas comme successeur des empereurs
romains, mais comme citoyen de la Respublica Romana,
à la tête de laquelle il se trouvait par l'extension de ses
terres et la richesse de ses revenus. L'Eglise qui ne res-
pecterait pas sa mission pacificatrice et qui ferait du catholicisme religieux un catholicisme politique, manquerait à

ses devoirs et se mettrait en contradiction avec le Christ : *Ex quo colligitur, quod virtus authorizandi regnum hoc, sit contra naturam Ecclesiæ... Ecclesia nihil aliud est quam vita Christi tam in dictis quam in factis comprehensa.*

M. Kraus termine son œuvre par une appréciation très étudiée du génie de Dante. Nous la résumerons dans ces lignes de Lowell : « L'universalité de son génie le met en communauté avec Aristote, Leibnitz et Napoléon. » La tristesse de sa vie, les privations de l'exil permettent de lui appliquer justement les belles paroles de Sainte-Beuve : « Si tu souffres plus qu'un autre des choses de la vie, il ne faut pas s'en étonner : une grande âme doit contenir plus de douleurs qu'une petite. »

EXCELSIOR
ALFONS. SIFFER
GAND